伪古典

WEI GU DIAN

孙启放 著

黄河出版传媒集团
宁夏人民出版社

图书在版编目（CIP）数据

伪古典／孙启放著. —银川：宁夏人民出版社，2017. 10

ISBN 978 - 7 - 227 - 06752 - 8

Ⅰ. ①伪… Ⅱ. ①孙… Ⅲ. ①诗集—中国—当代 Ⅳ. ①I227

中国版本图书馆 CIP 数据核字（2017）第 261351 号

伪古典 孙启放 著

责任编辑 杨敏媛
责任校对 陈 晶
封面设计 高 莉
责任印制 肖 艳

黄河出版传媒集团 宁夏人民出版社 出版发行

出 版 人 王杨宝
地 址 宁夏银川市北京东路 139 号出版大厦（750001）
网 址 http：//www. nxpph. com http：//www. yrpubm. com
网上书店 http：//shop126547358. taobao. com http：//www. hh-book. com
电子信箱 nxrmcbs@ 126. com renminshe@ yrpubm. com
邮购电话 0951 - 5019391 5052104
经 销 全国新华书店
印刷装订 四川金邦印务有限公司
印刷委托书号 （宁）0006802

开本 880mm × 1230mm 1/32
印张 5 字数 150 千字
版次 2017 年 11 月第 1 版
印次 2017 年 11 月第 1 次印刷
书号 ISBN 978 - 7 - 227 - 06752 - 8
定价 30. 00 元

目录

第一辑

第二辑

第三辑

第一辑

丹青引

抬首望上，屋顶之上定是无底深渊
且将云烟经略，原罪忽略，枯荣省略
只劫略美人于云烟之外
清除原罪，超越枯荣
看光从线条之上滑下，落于苍黄古宣
色彩洇漫，你携美人之手隐于留白
隐于空

将一条未经点睛之龙踢出画室
任盲目之龙，困于走廊
无助中嘶鸣咆哮！

松柏赞

尖锐的痛，如松针入背
而我开始惶恐：灯灭，影子如何分开？
毒药的历史
正从薄雾中显露出绛红尾翼

风举着云，最高的松枝挂上白旗
浑圆的钟声，使一场艳遇
对那位坐于松下，已了无气力的老僧
至关重要
市面上，松球已咳出松子

而那些难以计数的土岗，翻出新土
梳马尾的短腿的松，以整齐划一的孤愤
安静中慢慢长出牙齿

梅花引

那是明日之花。你的约见过于唐突

那精灵会来，将裹蓬松的全白睡袍
带着夜尽五更，凌晨初破的鲜嫩气息
以及，薄如蝉翼的战栗迷茫
云端之上火焰由蓝变白，清冽
冷香由暗转幽，望深处
一味穿越

你浊气遍体，一场大雪已将你清除在外

有一寂寞处与大雪通灵。寒碧窗纱
烛影摇红，微醉 ，美人将病、将支离
将咯血成朱砂、将落笔于绢
只一朵，已开成孤本

修竹赋

狭长的叶，含在风的嘴里
窸窸窣窣。看那个披衣散发的流放者
赏你，宁可食无肉

沙漏将时间，变成有形。诗文也能成枷
这都是病。好在南国的竹茂于中原
明天是一方生宣，丢下几杆疏影
再唤来几块石
就能覆盖昨天的书页

带着雾气的绿，一点点挤出来
趁那位好侃的老兄出门
漂洗一下，这舍中的晦气霉气
往那坛酒中，倾一点清芬
然后，不动声色
想一想那张著名的长脸，作何神态

风一吹就是一千年。这廋美人
腰肢刚性的韧，思念也就嶙峋
那人一支笔下，土坷垃也能色彩斑斓
唯有你，仍是墨色，拒绝开花

青鹤引

无关乎五老，无关乎松
无关乎以梅为妻的自诩
远离歌哭无常，披发的士子正在焚琴

只在野，只鸣清亮，只止于鸣
于幽州之墟，羽山之北，于九皋
金声玉振。一只虫子附于叶
一条鱼浮于水，一头猛虎伏于林
低吟相和

九天之上，鹤鸣已将锁于箱底的月光
重新打开，小心抚平其间的折痕
让茫茫大野无碍舒展，亦让自己的翼
得以舒展

立于丹墀的那物，只能哀鸣于心底
只能趁，臣工们三拜九叩的纷乱
悄悄换一下，站累了的那只脚

菊花令

于土层中掘出黄金。向晚
这明晃晃的灯盏，托住秋疲惫的肩胛

唐朝来的少年行囊已空
剑与琴书，失于旷野
广而告之的赏菊宴已散。酒尚温
恰好用来暖胃，暖无人恭候的悲凉

在京城，明晃晃的餐厅里，美人细嚼
刀叉上油炸菊瓣的干尸

樱桃令

红。叫红的丫头是天才的策展师
绣楼下的樱桃枝干尚欠粗壮
逾墙之美，在于三寸金莲的精巧作势。
苟活。削肩退隐，小蛮腰风行
压低的眉眼，无碍练习多次的热吻技艺
啊，这阔嘴美女亮闪闪的白牙
这东洋艺妓唇上一点红
彷徨。一粒遗珠。
要红，就红回万人大厅里的云母屏风

樱花赋

粉色的云，由南至北
丽人们高髻粉颈，惺忪，倚箱笼

甜腻腻的忧伤，使怀春成为一种唯美
一滴清酒，密不通风花雨中幻化
一群巨乳少女夸张尖叫
两只蝶，钉入黑白分明的眼底

菊花在上，刀在侧
屏息的武士们，隐身处列队而出
阴沉，目不斜视
“花飞雪”中俯首问道

花期只七日。绚烂、短暂、凄美、决绝
病质的易碎的香，浸透每一件和服的针脚
钟声响起 ——
在奈良，唐招提寺
禅意，适时漫开

飞鸿令

欲以洁白的桌布，留住雪泥上的爪
纯银刀叉佐以血色红酒
以细节间留出的空白名义，干杯

窗外杀机沉沉。高脚杯捏住喉咙
生生咽下一声尖叫
刺客的身形风一般掠过

空荡荡的镜面处于正邪之间
一只鸿于天边坠落，鸿影
于镜像中飞升！

蝴蝶令

春天捂不住暴涨的乳房。蝴蝶的体内
光线充足。翅膀
比传说中又轻了些许

群盗在春风里结伴呼啸
一条鱼，将于子夜时分爬上岸
濠水桥灯火里流连，物我两忘

蛛网抖了一抖。这凶险的边缘，刚好
来得及辨认一张陌生的面孔
以及，一曲幽怨的唱词

庄周枯槁，青蛙即将变成王子
有人在蝶的海洋中苦练暗器

雪钓图

一场雪。
草木是雪，楼宇是雪
河流是雪，山川是雪，大地是雪。

一场雪，寒江挂在钓丝上命悬一线
钓雪的人抬一抬头
天上飞过的鸟，是雪

他低下头
双脚是雪，双膝是雪，双手是雪
白眉是雪，银髯是雪
雪的蓑笠雪的钓竿雪的孤舟

睫毛是雪，眼白是雪
雪的鱼篓中活蹦乱跳的是雪
一场雪，只剩下两粒深陷的黑色眼珠。

伪古典

一场雪，天下一统。
钓雪的人已经盲目
他的盲目是世界的盲目。

冬日赋

没有什么气味比雪更加浓烈。
攥紧的一把雪
仍然是雪的一部分
惨白的阳光下
我摊开的手掌熟虾一般红
凸显出清晰的纹理

最先剖开的，是黑色肚肠冷硬的路。

一只麻雀，停在可以敲响的
玻璃似的空气中
它掉转小小的脑袋
反复啄小小的冰冻尾羽
执着得令人吃惊。

冬天将被冬天冻死吗？

伪古典

那些梅花
在我年轻时照着同一种体态开放
现在，却有了一万种踌躇
这让我切齿痛恨。

快雪帖

快递。快雪时晴是一帖醒脑剂
右军墨池放出的马
识得去途归途

需好酒。红泥火炉
护住一只孤悬郁结的胃
向晚，光在竹林波动。雪的私语：
张侯那厮，秘藏的陈酿是否煮沸？

夜空伸出黑暗之舌。干净到无
我哪里去寻一朵正匆忙落下的雪花
附耳言说：这天地间的华丽
只为，某人一顿酒兴！

极寒记

窗外的树皮怎么就炸裂了呢?
一只麻雀被寒风掏空内脏，肚皮朝天。
我呆呆看着它
喉头涌出宿醉后的苦味。

手机响铃也直愣愣的
朋友约我去火锅店
路上相遇，我们碰了碰冰冷的爪子
有久不见的问一声:
“还活着?”
相互间如同隔着玻璃说话

“所有的水只在深处流动”
这是火锅渐开后想到的。
好几种动物的尸体被仔细分割后
端上来

隔着升腾的蒸汽
我们是几个狰狞的油脸汉子
“蔬菜也是生命啊”
假如我们能够土葬
食尸虫们会不会有同样的思考?

——哦，下雪了
看看窗外
佝偻行走的似乎都是冤魂。
似乎，天下的冤魂都裹上了白袍。

初冬帖

我依然陷于秋日的颂辞之中
夕阳被各种果实烂漫
一架飞机，镶于高空冷冷的蓝
折射出金属的品相。

就这么一仰首，内心便抬高了几分。
我知道这秋冬之交的任何景象
此刻，只是因为我；
退却的潮水正哗啦啦消逝
空明于胸中，只有一瞬。

天黑得飞快。北风只来得及
稍稍紧了一下——

我甚至来不及制止
没有商量的雪花，就着微弱的街灯
不由分说下了起来

立冬帖

秋破，冬立
犹如暗箱操作的一瞬
我正好在这魔变的一瞬间醒来。

窗玻璃上有稀薄的雾气；
我所见的一切事物都有稀薄的雾气。
我看见中年水箱中最后一滴水
聚于龙头，欲舍不舍，却
总归滴下，总归无情。

我的诗歌正在秋冬对阵的倾轧中
不会魔变。
像一片影子，被无情压缩
成色由灰到浓
而浓黑恰好是我期望的
恰好，可以淹没季节的尖叫。

一场大雪已经不远。
我得收束自己谨慎的预测
白茫茫大地
是否，真如我想象的那样干净？

浅雪记

天气预报，大雪的气息蔓延
超市货架上的蔬菜空了
我们所在的这家餐馆
又进了几桶油
厨师的白帽子也似乎白了许多
从早上，一阵紧似一阵的寒风中
我们就开始承受某种幸福了
席间，有人构思关于大雪的诗
很磅礴的那种
引发出一番酒的豪兴
和朋友涌出门
灯光下散布的东西，好像不是真的
踩上去有焦脆感
如同刚才盘中的一道菜点
浅尝辄止，可
为什么要失望呢
有时，失败是值得肯定的
这浅浅的雪，恰似我今晚意外的薄醉

残冬记

流水来了，如同她的突然消失
宣纸上干枯的墨痕突然丰润
练耳，异样的声响
逼退天籁又重设天籁

当流水消失，干燥的冰粒积满书架
曾有一尾鱼箭一样射向瓷盘
渴意。
墙角的一朵忍冬花与流水无涉

冰雪总是衰老于流水。
从来不会安宁，这多重的世界。
忍冬花死死摁住踮起脚尖的欲望
独自忍住整个冬天

而时间静默，一切都在漂移

箭形的鱼摆动首尾
刺穿老态龙钟的残冬
刺穿的一架山，下腹部塞满鹅卵形的石头

流水来了，如同她从未消失
就在我的身边
与鱼无涉，与忍冬花无涉
入夜，和我一样起伏着沉稳的呼吸

桃花令

花瓣贴于额。你就红白多汁
你就是那位美人

美人青丝三千，古典。
柳为腰，风为袖，水为邻
桃花笺顺着溪流，一封又一封
妖媚发往唐，凄婉发往明
风情
发往不远不近的宋

乱春诀

春乱。乱如幻觉
童年草绿色的饥肠
一双小手
捧着遮住整个脸的粗瓷碗
他正老练地舔尽其中的余沥

回溯，那些古人的胸襟何等开阔
感觉器官似乎具有永久的弹性
这一小池春水
就容纳了几乎无尽的词句

柳丝与乱发，春山与城郭
老一套的轮回，与更新的必然
如何纠缠中精准对接？
而无数个春
完全被纷乱的情色掏空

如今他逐渐衰老
丛生的乱象让他日见瘦削
身体，却缓慢又不可止
释放神秘的力道

破春帖

这春天于我仍然是一团迷雾
被春伤彻肺腑的病美人在哪里?
她的唇边有妖娆的痣。

春的细腰属于舞台，小碎步
踮出迷宫式的情节。
我在电脑前呆呆看一屏绿草
苦苦思考如何问题化

窗外抱着根的野菖蒲，抖了抖衣襟
能够到这个世上再走一回
也不错。

放纵。胸中虚构的野兽
扑向黄昏的柳枝
比扑向清晨迎面飞来的水泥地要好

走动的风、空中的鸟，日长一分的光影
春妖有看不见的翅膀。
春破于何处?
旷野、幽谷、丛林，抑或
某个人的胸中?

乱红帖

红，乱作一地。
低眉垂眼中的叛逆。
一朵不安分的红
就应该，认领一朵久远的心事

那些心事应该早于宋朝
没有不堪。
红乱了仍有庙堂和江湖之分
天子遗下恼怒
诗人献出泪水
走出寒窗的书生消瘦了青衫
乱红，交出了整个世界

而风与月更有资质
勘破乱红究竟为何物。为何所催?
情深情薄，天上地下

只收藏唯美。

绣楼、秋千、丝柳
有乱红，才有这么多有弹性的画面。
向来醉心于戏剧化
今日之乱红
正在逃离日渐弱化情节的舞台！

春风颂

灶台沦陷于春风。这野心蓬勃的疯子
每一颗粮食都被软绵绵的腿穷追

脸和眼让青草染绿
刨土寻食的人，随手扔掉刨出的骨头
亲人的骨头，噙泪忍住痛
诗人们在蝴蝶的病体中旅行

神话被重新撰写。孩子们
肚皮透明，牵手住进桃花的梦中
那些被吃掉的土，反过来，一口口
吃掉一个又一个吃它的人

春风最易叛乱。在乡下
胡子、刀客、响马的哨箭呜呜有声
悍将褪下官家的鳞甲
蛇一般游进草丛

春夜帖

那些小兽，那些细碎的咀嚼声
啊，三月的夜
这蓄满春天液汁的黑

我是春天里的夜行人
押解着花妖
那些细碎的小兽
口噙花香
纷纷，纷纷，探出无数个影子来

三月书

三月都快没了，人都快没了
影子还在
影子蜷伏在树下如一只忠犬

风口跳动的叶子，知道了一些故事
绿透了的身形有些滞重
雨，不知什么时候开始淅沥

都等你一个三月了
人都等没了，故事就要结束了
据说，那边山岗上的桃花开疯了

脚步，石头一样砸过来——

抬起头的影子，耸了耸耳朵的影子
只听到，拐了弯的脚步
和一声粗鄙的吐痰声！

惊蛰记

蛰。便是行动
内心自由的匪，一晃而过。

那么浅浅的苍白的绿，有些蹒跚。
我与这必将到来的浩荡有什么关联？
我只看春破，不求解

我没有惊，如同早已拥有。
静静面对也是行动。
如果春最终是一园桑叶
必然经得起蚕食。

我只想提醒所有的蛰虫口下留情
留住薄如蝉翼的通透叶脉
花心凝重。在月下
犹如拾取唐人诗意中遗落的窗纱残片。

夏至帖

无论如何，我都得慢下来
以脚步仔细丈量这撑大了的空间

明晃晃的世界从第一声鸡鸣开始
密会者，女鬼的吸魂术
黑暗中的招数来不及使出一半

仇隙依然存在。软肋
在光天下排列清晰
开始喜欢刀锋上的丝丝凉意
立场不会改变
西瓜的头颅一颗接一颗被剖开

风旷达了许多
留下那么多死角想入非非
一场雪会在冬至那一天落下短暂

与这漫长遥相呼应

阳光热烈。我还得停一下
一枚蚕躲在阴凉处
正蚕食掉一年中最大的一片桑叶

秋风引

终将来临，在空疏和隐喻之间
飘摇。果园将忧伤，开在百年华诞之后
我的痛，比你早来几千年

一枚果子跃下，再不回头。就会有
一片暖离开。骨缝越来越大
空疏被推移至空阔，天空越来越远，月亮
按照古典的方式漠视沉沦

西窗双目空茫。看菊花将头颅
一颗接一颗爆开
垂老的旷野绞尽枯败的发，开始入定
当凝霜进入语境
露水，便成为前世

落叶赋

这是季节与树的密谋。惯性之锁
于瞬间打开。只一跃
鸟鸣在暮色中迷失。江边的水泽
鹭的长颈正一伸一缩寻梦

如何丈量，生与死亡间的距离
警示的钟声声声相连
一段空间并无阻碍，没有那边
那边便是隔世

看见过骑马的人投鞭断水
鞭，成为游鱼，成为盘中的白眼者
而树无论如何作势，都无法将影子扶正

忽略陈旧的月色和由地而生的风
微小的闪电，在每一柄根部
滋滋有声

桂香辞

风已吹出季节的骨头。蝶群哗变
明黄滋生，自无意以武犯禁
钟声疏朗，多出空阔，多出几许玄机

月亮急不可待。神仙们跳出来
闻香溯源，于归山途中折返
初更赏月，三更醉酒，五更的桂树下
乱糟糟的胡须铺满一地

今夜最宜抚摸。最宜由中年美妇
以温软洁净之手放下眼帘
挥走蝠影，抚平皱褶

黏乎乎的香让月光充满弹性
少年蹲踞角落一隅，彻夜心旌摇曳
却声色不动，一味意淫

秋风辞

在这个日子，我将书籍纷纷打开
风吹过
之中的字符鬼魅般隐身
此前的季节漂白得一干二净
我们，追不上庄子

而一个才子曾经说过：
“秋哉，悲之为气也”
“是啊，真是个仁慈的提醒”
读完一堆空白的书页
我得赶快收拾起风中一园枯萎的桑叶
从中抢救出悲伤的丝绸

当秋风正式接掌权杖，掠过的菊花头颅
一颗接一颗爆裂
这不出所料的古老壮烈反复上演；

不远处，湖水中净身的蟹挥舞着大螯
纷纷攀上堤坝
秋风是旗帜
无敌的罗马军团将蟹黄蛮横成夕阳的色调

我已剃光头顶多年生衰发
坐大石之上独自敲响秋风的骨头
秋风中的月光是水银
这液态的有毒金属泻入大地
泻入
我身体的每一个缝隙

中秋帖

黑暗装进万物，那是万物的黑暗。
我的房间是一方铁盒
那是房间的黑暗，蓄有万物

黑暗也会装进自己
如同我，在这黑暗中沉湎了全部。
房间的铁盒
时间的铁盒。

我早已无法将自己装进月光：
充盈和朗照。
据说桂花的香气
早已预售一空
会在一夜间清除所有的疑虑

生物的钟点。
惊醒。今晚的铁盒
我将切割出一帧挂于黑暗之壁的画框
让万物惊现，水落石出。

良宵引

谁能说吟哦过度的中秋不是良宵?

时间的改锥不动声色
将星光装饰成不可忽略的背景
唐朝赶来的月亮明晃晃
布施着积存已久的良愿。
我们节制放纵
每个人都认领到适度的空间

当树影摇动
挂在枝头上的桂香减缓了细细的呼吸。
在良宵
我明显感受到灵狐拜月的满腹心事
四野蹲伏着害羞的猛兽
它们的鼻尖被感化出温柔的湿润

伪古典

白天已被赦免。
我们如愿。
我爱的事物都在月影之下
我爱的人，都散射出迷人的气息。

这是我的良宵，这是众生万物的良宵。

我当然知道良宵不会完整
我早已预留出一个远行者的空缺。

暮秋帖

在这个时辰，能够读我诗的人
于我，是一种博大的仁爱。

秋阳燃尽灯油，气焰已失
我不知道《诗经》里的那位歌手
是如何演奏自制的瑟
他正在河边，低头独品原始之甘美
脚下
是鹅卵般的顽石。

一望无际的原野
必然有武装到牙齿的兽，以及
快要收工回家的甲虫
它们聚集
在我尚未结痂的伤口周围虎视

伪古典

悲秋的鬼魂早早来了
带着怜悯，带着消瘦至透明的问候。

天边仍有稀薄的红，迟暮美人的残妆。
草木的世界疏朗空旷如斯
最后天光的针尖，无影的暗器
正惊飞诗歌中的一些词
蝙蝠一般腾起

第二辑

自供状

我出生在一个非黑即白的年代
所幸，我是灰色的

病症帖

诅咒。连黑暗也会疏远

有灰烬的地方必然有火。
我将身体折叠成多层，夹带着原罪
危险，多来自选择性记忆

地址没有变。天堂不会拆迁
一列火车停靠金色的月台
将折返何处?

病症。早已厌倦了真理的正确性
我只能醉心于胸中的野兽
醉心于它迷途的足印
点缀于纸上的零落和纷乱之美

看见上帝来过一次，背影渐远。
我应该为自己
准备整整一层地狱

厄运帖

我只能笨拙地行走
身负暗疾。据说
遥远的地带有玉砌的温润台阶

我不会献出自己的肋骨
如此坦白：伤口是掩盖不住的
晕血理论。
有一些硬道理，亮出蛮横的刀尖
指向暗疾：
“这是疯狂，也是罪孽！”

事实上，暗疾只是一种起源
如同无法炫耀的隐秘胎记
我一直低着头。上方
臃肿不堪的云，正死死忍住泪
闪电的脾气越来越大

我不知如何概括自己依然的成长
雨开始下起来。不是第一次。
厄运
越过如潮的人群与我并行
它与暗疾间，隔一柄雨伞的距离。

断水帖

他在黑夜中独自沉思
手中的刀挥向窗外的月色
月光，亮了一些
远处万佛湖的湖水漫上堤坝

北来的风逐渐加大自己的硬度
当气温降至零下 40 度
水吐出自己的骨头
刀比水脆弱
刀和水彼此心照不宣

腰间的刀，袖中的刀
怀中的刀，心中的刀
抽刀。水断。

河水、江水、海水，结冰的水

伪古典

水龙头流的水，杯子里的水
酒中的水，血液中的水
以及，月色的水
总是相通

尘归于尘，水归于水
刀客总是死于刀。
那个腰斩文士的皇帝也心照不宣

成长史

那些蓝多么无辜
我甚至都没有资格洒下泪水

本初的蓝是多么单纯，又多么深邃
像婴儿的双眼
来来去去的人，多么需要
凝视一下映照出灰头土脸的眸子啊

城市流感一样蔓延
我站在高楼上
看夕阳已经失手
堆积的云像愤怒的思想
更像纵火后仍在燃烧的废墟

悲哀帖

那些水一直将我们围起来
我们就是孤岛。

谁能说困境不是自己造成的
一百年都过去了
时间的手握得那么疲惫
一群又一群泅渡者
掠走残忍和美丽的词句
他们的离去使大地更深地陷入悲哀。
啊，那些利斧
词句中飞起的利斧

我们是大地上唯一的枯柏
我们是唯一死死压住大地悲哀的人。

光阴帖

砍伐了一下午的光线
我的双臂为何是天青釉?

玫瑰的暮年
空中有一尾滑溜的鱼。
光阴凶狠的程度
斑驳的墙角领教了多少年

残缺，美有永无填补之魅力。

桃花雨是三月的指控
到了蝉声高过七月
你竟然说我从来没有向你凝眸
我，
天生斜视

出神记

你出神。在局促的阳台
如何寻你——

如果一枚松针落进松林
如果一茎青草融入草原。

你是无限中的细微，可忽略；
你是组成这无限的细微，不可忽略。

你与古老的、未来的灵魂在一起
与陈旧的、未现世的词句在一起。

多么喧闹，多么沉静；多么困窘，多么自由
波动的光透明又神秘。

这不是一刹那，也不是久久

阳台是航空港，你乘坐不定期往返航班。

暮色。晚餐的餐桌上一盏老酒
你说之中有天地日月的悲悯。

苍翠书

快慰于季节一夜间的轰然崩溃
我在这突然的改变中期待着什么?
这病态的逻辑
让我想起，大学课堂上
函数论老师嘴角上诡秘的笑。

即将来临的冬天无戏可唱
尽管
她身上的一袭白衣
是大有来头的。

一个人看电视
抱在怀中的枕头就有了体温。
这只是一种假想
比如墙上那条正注目看我的小蜥蜴
也属于爬行纲有鳞目

真正让我失眠的
不是她的沉睡；
是她，尚未被我发现的苍翠部分。

食贝记

扇贝。一半的海，就摆放在盘中
平静、精致的鲜味，俘获了诸君的舌头

每一天都有一个恶人立地成佛
每一天都有一笔孽债，就此勾销

我在语言的灰烬中藏好自己
看满载人气的流水，一柄剑上的流光

远方。正加速逃离海岸线的
另一半连绵不息的哀嚎！

黎明帖

那一抹鱼肚，是在鸟鸣中变白的
我在翠竹山庄的大床上醒来
拉开窗帘，绿风和鸟鸣水一样涌来

远处大树下有一方石凳
这石凳上要是有一位优雅女士就好了
纯白的黎明女士，入神的读书女士
那本书我要是读过许多遍就好了

真的，那位女士熬不住笑了一声
我知道这是意会的力量
真情的流露
我得掐算好时间，赶在第一缕阳光
照亮眼睛时
恰好，站在她的面前

黄昏帖

黄昏是一杯微温的水
茶几上那杯滚烫的咖啡有深度

一群鸟飞向不知道的地方
一群汉字翻飞盘旋，如何让它们栖身？

教堂的尖顶和十字架失去阴影
半山上的佛隐寺沐浴着落日余晖

据说那个张嘴大笑的是妓女
她闪亮的牙齿上有几星玫瑰色的口红

我于黄昏时降临人世。如何释怀？
扮演的每一重角色都晦暗不明

而一切都已形成。一切
又将在夜的强横中隐去操守和身份

弧形说

办公室是一架温床
我在上面躺了这么多年
看窗外一只鸟作弧线飞行，像一颗子弹

走出弧线的子弹
我曾经在一部电影中领教过。
康德说：“人性是一根曲木”
走弧线的子弹
包括那只鸟
目光是嘲弄的。

这不是罪孽。在东方
科林斯柱形有更加华丽的转身
这依然为人力所为。
我的一位朋友，有惊人的说服力
他的婉转，能让一条饥饿的狗

丢开嘴里的肉

子弹有银质的，更多是粗鄙的铅。
黑夜将到，工作者在弧形的天篷下
没有停歇。

灰色说

调色师的圆盘脸有烟缸的气息
他确信：犹大怀中的银币是低度的灰。
抹大拉的体温，圣杯的隐喻
郇山隐修会黑色的长袍有白色的点缀。
黑人政客，白人金融家
被推搡的世界是健忘的。
杰克·伦敦的野性有冰雪的凌厉
而他的欲求是黑色的。
上帝说：宽恕你
这世上，有忏悔至死的人吗？
中间地带勾连出的深浅
霾一样复杂
早期雾伦敦一样不可详尽。

乌鸦帖

乌鸦飞进黑夜，就飞进了自己的家
这笨拙的家伙
正将全身的墨，尽力吐出来

盲眼的祖父相信电的存在
在那间老屋，关节肿大的手
总是摸索着打开电门
这与乌鸦的想法，在实质上
并无二致

一位画家正在欣赏自己的作品
《乌鸦与黑夜》
高高悬起的整幅墨色中
虚浮着一只，白色的乌鸦

我不敢相信，这笨拙的家伙

能够着全白的服饰
王子般跳出画框？
它只能和我一样，蹲伏在想象中
尽力把天下的黑
琢磨出一些白色的影子来

白壁赋

雪白的四壁。它唯一的好处
就是能够看清无法逃避的任何攻击
剔除疑惑的部分
你在可触摸的现实中，悄悄喘一口气
一张脸从烟雾中探出来
剖出阴阳

这正是荒谬之处——
蛇信闪电般的一击
紫红和青白，开始模糊了界限
但阴阳脸还是醒目的
墙壁，白得发蓝

你可以想象：在热烈的春天
一瞬间涌出那么多的花
赤裸裸的枝头曾经沾满泪水

它的牵挂，比宣传的理想还要致命

惩罚源于野史。你把目光钉在
白壁可能裂开的地方
唯一的天窗俯视着一切
一方天，布满一只鸟的哀鸣

高原颂

高原，在蓝天之下等待。

高原的高，只是相对于凡人的高
云，依然在上空行走
扯出旗帜或者印象派的画
在别处，那么多云低于高原

蓝天只顾独自地蓝
风，鞭子一样日夜抽打
河流和着血泪
高原，正在销蚀

高原紧紧咬着牙。骨架耸立
天蓝得发黑。
高原，成为一架山
只是时间问题

中年辞

事实上那就是我的野心
于山顶那棵松上作祟，而后酣睡
把一辈子的梦，一次做完

鸟儿们收拢双翅
围上来。云层下白塔里多有供品
佛的目光垂向众生
千手拂向千山

这只是中年后仍旧怀着的鬼胎
上山，只是为了远离湖水
只是害怕松弛的腰围掉下来
成为一只泳圈

事实上我正注视一只鼻涕虫攀上树干
那棵松，目不可及
山梁上挂着软踏踏的小径

七夕帖

耳垂上滚烫的月光
我醒着。

那轮七夕月
纤云反复擦拭。
曾经是多么锋利的飞刃啊
斩金断玉。

切口如此齐整!
我伸手抚摸遗落的部分
如同老兵
抚摸早已遗落在战场上那条腿的
疼痛。

喑哑帖

这喑哑的衰竭中有意识鲜亮的嘴唇。
请融化我
我正在诗歌中低垂眼皮
注视语言底部深埋的少许阴谋。

高处被洗劫一空
甚至，最后一页的冲动。
唯一的内衣，僵死在椅背上的蛇蜕
来吧
请融化这四周的肃穆
缓缓飘荡的耽迷。

热吻汹涌。
我的沉重是液态金属
最低处，具有张力的流动。

应约书

这强大的期待仍有细微之处
欲望终能唤醒厌倦
新的地域，烛光
将暂时击退华丽的顶灯

如约而至。那个帅气的绅士
按照经学的要求扶正领结
稍稍嫌长的头发
恰好掩盖住耳轮后的秘密

在冬天，他扔掉止咳药水
让哭泣的嫁衣美得不可名状
发烫的雪花
开出梅花体内深埋的暴力！

子夜吟

下意识有时被挪作他用
你知道，妖女就藏在某一张窗帘后
哀怨之时
邻家的女孩有钩子般的眼神

夜露湿重。那只蝴蝶错过了时辰
惊扰它的不是梦
并拢的翅，处女般夹紧的双腿
能否挺到明天的早晨？

窗户肆无忌惮——
尖叫，装上分水犀角
斑斓夜犁开一道闪亮的波涛

闲暇赋

春天总是重复古老相同的故事
失踪的情敌怀揣利刃
在幽暗的树丛中彻夜蹲守
支撑他的，是莫名其妙的愉悦
一粒星子在天边，显得
那么的小

窗外踱步的人，想起了一丝亏欠
飘忽的思绪收回来
就那么一瞬，落下的风筝
再也找不着风的去向

而我记得去年的春天
那颗卵石，在湖面上急速旋转
扔出去的手感还在
暖暖的阳光，已将它焐热了好一阵子
水底
即将开出花来

欢愉书

风是你的头发
这无言的欢愉。屏息
这一根根钻入心底的痒

蝴蝶的屏息是枯亡的屏息
一根残枝，铁一般伸展
万里之外的强大气旋
等候这枯亡般屏息中的轻轻掀动

依然悬空的套索早已粉化
头颅，旋动中的走马灯
那些讲述堆积成一层又一层想象
屏息的汉字鲜如朝露

而美是长着双眼的
梦之苍穹。暗藏一隅被惊雷唤醒
屏息的美
凝视下的我溃不成军

樱桃帖

在樱桃园，一管口红干瘪成祖母的模样
它曾在夜间
追杀过所有的男人

读大二的孙女突噜着嘴唇
把两粒樱桃按在自己的胸脯上
她娇小、任性。裙子下藏着一个人的诗集
隐形眼镜隐去了
胸中尚未成熟的怒火

事实上，我是在吞下最后一粒樱桃时
才醒悟过来
我们没有变成鸟，是因为有人以口红
摆平所有带喙的家伙

白天一瞬间就过去了。城管们兴奋起来

樱桃们打着唿哨
制造口红的厂家，开始在樱桃园路口
设点叫卖

暮色赋

暮色。你就是影子
就是我眼底不住晃动的那部分

风于明暗间徘徊
稀释的酒，在杯中成为淡红
白和黑胶着
收获光的人亮出绿卡
梵音，资深的刺客已皈依佛门

怀有敌意的脸滑过暮色
滑过，假睫之下深绿的眼影
裸露的冰衰老成水
红色的蜻蜓
落下。轮廓线处是模糊的对称

迈过这个坎，你就是凶猛的夜
锋利的回眸
能够轻易将暮色掏空

夜饮记

夜饮。夜色如此通明

这夜色可以删除，睡眠可以删除
异乡的苦楚可以删除
这灵魂的衣冠，可以删除

且将眼神聚住。且将
散落一地四处逃逸的词语聚住
嘿，老兄
且将那位体内冲撞的鬼
收押于监

清亮，凛冽。火与水的交织
灯光是黑色的
一如显出影像的负片——
夜的腑脏，如此通明

茗香会

整个江南山上的绿，都拿来
索性，江南一整个的春天
拿来无妨

前世的雨水
梦中梅花瓣上的雪
抑或，屈子遗下木兰之坠露
煮沸

夜色沉了又沉。舌尖
轻，高天丝缕的云
让翠眉微舒。
香由心生
暗暗、幽幽

玉盏氤氲。

伪古典

静静
待神仙一样的处子
着白衣，素手，朱唇
轻啜一口

西湖忆

在西湖，想解开春天的纽扣
好奇女妖体内血沃的妍艳桃花
有些病，不可治愈。

最深的恐惧还是孤单的迷途
湖水，捉摸不定的诱惑
白云在空中一个劲儿滥情
双手空握
甚至触摸不到真相茸茸的毛絮

四顾，恍如无人
我逃脱至此究竟何意？
自恋成癖者需要可疑的幸福。
我的身子干净过心思百倍
白娘子啊
你的腹中注定有蜿蜒无尽的通道

伪古典

我真能和什么人一样
扯着白堤上的柳枝哭泣？

阳光普照。如果有上帝
我将为前半生念叨这样的赞美词：
我欠你一个狱卒；
你欠我半个世界！

温柔帖

现在，我的温柔是一杯温开水
当你需要时
就会端到你的面前
偶尔回回头
有那么多过滤掉的杂质
像来路上硌脚的石子
更像提醒我们曾经年轻的印记
现在，我的温柔不多不少
只是一杯温开水
凉热适度
你可以放心地一饮而尽
也可以仔细品一品简单的甘美
谁说简单过时？
我们之间，就那么简单明了
我曾经的荒唐
你已简单到母亲式的原谅

伪古典

这一杯温开水
你一口就喝掉一半
我们相视一笑，都想说：
这人生的至味

锁骨记

两片锁骨耸起来。肩窝
抬高了暧昧的陷阱

一千年了，玉面的妖
将娇言把玩成“叮当”作响的玉链
知道煽情
也认识“害怕”，这两个老旧的汉字

自恋者必自伤。
移情，已非精神分析专用。
那些纸鹞在空中，大过飞行之瘾

“来呀，来呀！”
这治疗者的强烈投射
这割破手指的玉链，这法度的玉链

“来呀，来呀！”
她知道，会有一个轮回的早晨。
啊，这妖媚的锁骨；
这母性的锁骨。

清风赋

月色乘着风追你，往相反的路
一朵诺言开在手上
忽闪一下，就熄灭了

风没有原罪。正如
不能责怪黑淹没所有的颜色
以及在这月色下
骑五花马的人，敲开店门
以马换酒

离开月的白，风的清就消失了
把风者，看见风撞开窗户潜入屋后
在枯草丛里伏身疾行

风，仍然可以回来
可以吹散一句话
一句话，能够换回一生！

空山赋

空山于凶险夜将腑脏全部咳出

了无心肺，便忘却寺藏云隐，仙人梅鹿
醉酒的精怪失去踪迹。樵与美学
已烂。消散了宽大的袍袖
袖里乾坤，执黑白的手

清泉明月，青苔新雨。古旧的兵书
以及字迹模糊的秘诀，毁于何处？
忘却穿白衣的人练成剑气
并就此禁足

黄昏正和着雾霾，一口口
吞空山之空。不远处，弃婴于病室张开眼
目光怨毒

月色记

风闯过体内的废墟
吹不灭，银色火焰由地表燃向空中

抢在火焰结冰之前
平息乱，迷狂。平息蚀透灵魂的魅惑
让写实的桂花香，重新掠过梦境

水是虚幻的，一如光的燃烧
而心智的隧道正由虚幻之水拥堵
大地饥渴，已将一地凝霜舔尽

最深的宁静同等于死亡。
任枯枝摆布月色，死亡之外
一双脚，能否不再次踏入那条河流之中？

青瓷赋

都是些风的痕迹，光的痕迹
风和光隔在玻璃之外
以双目抚摸，手感对细节的眷念
藏在想象的阴影之中

诉说勾起伤感，勾起云烟如潮
那缕火焰，白亮、飘忽如魂
光芒由内而外，形而上的方式
美丽绽放之后
我们的意识成为灰烬

瓷的朝代一一终止
每一声祈求，都在抽取小心
退后几步，瓷与我们之间的空旷
充满战栗的残片

紫玉记

窗帘被扯碎。固化的宁静一点点
褪去。透过悠长的身世
温泽再现，积年的灰尘打个旋
拍马驰回过去

看看时光，竟一下子飞逝起来
许多许多年了，潦倒中不曾被称量
被查验，被各种器械摆弄
陌生的语言，陌生的
茎丝般缠绕的目光。天文数字
定会让老主人心惊又心碎

玉在微光中彻底醒来
隐秘的兴奋，波纹般一圈圈漾开
飞絮悬浮，伴老主人清谈的情景淡去

伪古典

一阵风，又一阵风
摆脱羁绊的玉
与一只好日子中的手，初试云雨

灵狐记

放下千年的道行。一张脸
渐渐人形起来
可人的媚，悬在叶尖之上。悬着的露珠
悬着的，被液化的心。一滴滴
滑落于
据说是万劫不复的温柔乡里

一切，都是熟稔了的新鲜
千年的大戏唱了又唱
九只尾，藏于秘柜，藏于月亮之后
那张脸照进镜子，就成了风景
一千年也擦洗不掉

看戏的人心有点乱。有点忐忑
把什么什么样的结局
且放在一边。想一想大戏之外的书页

被情欲处理过的细节，形成
一个小高潮。让男人们
变成家国柱石，女人们变成水

教堂记

一个不信教的人偶尔游至
Hi！来者是客
大门友善，长椅友善
轻轻摇曳的烛光友善

与室外的赤日相比
上帝是存在的。他默语
想必透过彩色的玻璃看了看我
我能感受到
他那清凉又深沉的呼吸

唱诗的前奏缓缓响起
所有的人神色庄重——

我只是神明世界之外的遗孤
阔大的穹顶下浮想联翩

伪古典

一心想看到：
无邪的天使敛起双翅
生出獠牙

月白帖

“如果你想在甜蜜中死去
就应该将自己修炼成一只雄螳螂”

月光的探头延伸至二十余年前
朋友开始长出复眼
时不时
挥舞着两把大刀片子

死去和甜蜜。
献身计划像条搁浅沙漠里的船
今夜月白。
他，突然间就崩溃了
一句脏话
浓痰一样堵在喉咙里

黑暗只是来自内心。

伪古典

月亮还斜在那里
空气中飘舞一丝又一丝的凉薄
朋友耸起残存的节肢
无力地指了指天边
我只有将那座山，拉得更高

字纸帖

敬惜字纸。
多少年了，这惬意的栖身居所
之中
每天的沉睡或醒来。

谁能够拒绝自身长出的翅膀？
残片、发黄的书页
以及初雪一般的道林纸
在我的眼前飞翔。
山水、梅花、蝴蝶、红袖；
而一幅又一幅青袍老者的剪影
如乌云，时时压我的胸口。

键盘，已惊飞纸上的鸦群。
犹记得幼时的先生，负手立于身后
微微颔首。墨，幽幽的香

伪古典

毛边纸上稚嫩的笔画
横、撇、竖、捺
是我尚未长成的骨骼

但我只是敬惜
不会膜拜。我见过被碾压、践踏
被肆意奸淫，气如游丝的字纸
见过焦雷之下成为齑粉的字纸
见过搭建庙宇的字纸
铸成铁狱的字纸！

该仿效古人值得称道的一点：
夜深人静时
收拾出一些被玷污的字纸
火焰，最后的洗浴
我看到其中的一些字亮了一下
像是
无言的感谢

牛奶帖

素食者将一杯牛奶视作自然。
如同收藏一幅干净的画
与污糟的颜料，毫无关联

只是最近，我才将牛奶
这童年只在书本中出现的奢侈品
纳入早餐的食谱
没有让我想起牛以及
垂吊着的巨大乳房下面的碧绿草原
或者婴儿时期的母乳香
牛奶的位置
与先前桌上的一杯茶水差不多

而牛奶在我的体内发酵、消解
重新解析我的构造。
当我不小心弄破手指

伪古典

流出来的液体是白色的椰汁
早晨，洗手间的镜子里
呼出的气息如妖精嘴里喷出的白雾
外出，我只能用白色的目光
迎接路人抛出的白眼

这让我怀疑产奶的牛是否转了基因
印象中的奶牛是黑白相间的花
那些黑，跑哪去了？

整个下午，我都没有时间想这个问题。
旁观者告诉我：
我手臂肌腱爆出的气力
也是白色的
并与沿弧圈轨迹运行的白色乒乓
这舶来的国粹
融为一体

夜读记

书架顶端那几本积满灰尘的书
有钟乳探地般的隐忍
过往者被压缩，而黑夜的胃
正在消化掉当日的历史

我粗粝的阅读摩擦出几点火星
他们慢慢被点燃
如一堆受潮已久的柴火
淡青的烟雾拂动稀疏的三缕长须
墨迹斑斑的青袍
烹茶和煮酒，情怀和心性
他们有各自的孤傲，互给白眼
见面定会撕扯
却在我的无意阅读中结成联盟

这些老妖，燃灯古佛般存于当世

经验，没有排解新发现
而是更深地陷入
更深地洞穿从古至今的人性弱点
能够感受到他们的害怕
一条冰冻的脊髓蜿蜒头尾
他们所害怕的，于光天化日之下
野火一样蔓延

我只是一位随性的阅读者
只能是拾取
只能接受雨点般思想碎片的击打
累积的夜读是守护吗？
我有点不知所措
惶惶然面对
他们为之深叹千年的永恒悲哀

朔月帖

没有想过怎样去改变
曾经的月影，饱满的光
抱乖乖兔的女子
即砍即愈的桂树
被斧击震碎的窗玻璃见证了一切
甚至，一切之外的其他

朔月来时是如此平静
月影如同收工
不会慌张，不会有丧乱之急
悻悻的吴刚磨斧去了
女子遁入黑暗
兔子进入蘑菇的环形山
没有旁观者

这朔月的天时

伪古典

一切轻重皆可承受
这个世界，有吴刚式自虐供我选择
亦有黑暗的丝绸
亦有玻璃
承担着不安中的明亮和尖锐

黄山记

所有的风吹草动，都说明
黄山，是一头活体

云海、林海、峰群，穿裆的路
都随这睡梦中魔兽的呼吸而起伏

我不敢妄议。那无处不在
睡梦中依然脉动的强大意识流

飞来石旁，有千万人的惊叹就够了
为何，我要预想它蚀化的进程？

阳光突然猛烈，乍现的强光
将我原本私密的阴影，逐进深渊

湖边记

长椅上最后一个人早已离开
湖水中的鱼
突如其来的“泼刺”声
包藏什么样的祸心?

歌声隐隐约约。那种伤感的
极致圆润
非人类所有
想必，黑黢黢湖心
正浮出传说中湖妖的头颅

黑夜还在蔓延
如同湖水
如同混沌中伸展到无望的路
如同我的恍惚
如同我
自幼被毒药喂养过的想象

崖边记

立于崖。这生命空间的边缘
提空时间。夕阳，被钉在那儿。
乌云镶嵌的欲望金边
画框中的静物。波状的凝固物
是，脚下涌起的曾经日夜不息的风
身后长长的影子，彰显出
暴戾的反叛
一袭拼死挣脱的黑色披风
弃我，破空而去！

失眠帖

那些安稳睡眠的人。梦
有微弱的荧光
如蛰伏于海床的水母

我只是一个虚空中飘荡的幽灵
我只是一具被自己双手捧行的头颅
我只是一双黑白分明穿透所有梦境的眼睛

那些安稳睡眠的人，你们有福了。
我是虚无缥缈中的不明飞行物
我已放空
你们梦境画布上所有灰黑的底色。

第三辑

读心术

呓语。被提示的自我阅读
犹记得小学班主任扑向我的内心

风无休止勾勒着云，勾勒空中的奇趣
惊心的闪电、秘径、黑松林里的抢掠
无休止的奔跑。
一切的法则来源于一本发黄的书
山顶之上蹲伏长犄角的人
长久注视的瞳孔收缩成针眼

小镇的拐角处，拄杖的乞丐有硕大的鼻子
将斑驳的碗长年放在地上
唱出自己的志向。
他有着奇怪的病理学知识
提供的细节让路过的人脸色煞白
一只软体的章鱼

无情的触手探入纵深。

——迟到的坦然连带昨天的惊慌
我对读心术保持着一定的好奇
在一间半暗厢房
被还原的词句，影影绰绰的灰衣人
立在我的身后。

招魂术

我们每分钟都在变老
每分钟都在寻找，一截
绝无仅有的乌木
当地点称心如意，睡意盎然
适合于搭建黑塔。

缺乏组织的鬼魂们，生前就会预演。
摸一摸若有若无的体温
这些可怜的人一年一聚
等候着召唤。
鸟叫的声波
在空中，水纹一样漾开

招魂术士弄散自己的长发
黑袍大袖，缺乏睡眠的黑眼圈
未了的私密心愿

让剥漆的牌位有新鲜的湿气。
小鬼们纷纷修改着童年的记忆
围坐一圈烟囱旁取暖
呆呆看黑烟突突冒出来，慢慢变白。

“自由就在那里。”
尚未注册的野鬼，可独自吮吸。
招魂者很快会吃掉所有的祭品
只有一个我来不及爱的人
将冷餐会上一粒最大的葡萄
留到最后。

隐身术

没有鸟叫的黄昏是不安的。
有那么多精通隐身法门的人，随在身后

而我如此迷恋于响箭
迷恋这黄昏中携带凶险的信息源
伏在体内的隐身人悄悄提醒：
“响箭会高于林梢”
哈，这比我对黄昏的期待高。

而我已经步下堤坡
唯有此处湖水平
唯有此处可端起大湖作干杯状
唯有此处
可瞥见暮光中的阴影和心头的乌云。

会有一场大雪，落满新鲜的白生生的鸟鸣

会有我在隐身处
对一群躁动不安隐身人提醒的黄昏：
“北风一开口，腊梅花就赶来了”

致幻术

我只能看到迷雾中漂浮的红色烟头
早期的伦敦桥上有嗜烟的间谍。
啊，五十年代的拉美多么令人神往
哈瓦拉，英俊的卡斯特罗
粗大的雪茄烟囱般指向空中

其实我并不喜欢《乡村女教师》*
乏味的西伯利亚
灰冷色的背景
作为师范生的小子们是必看的
善意的提示：
黛西卡叶琳娜的身腰还算有韵致

群山忽远忽近。立于两片镜面之间
无穷的数轴向两端延伸
我是吸附在数轴上无穷的点。

伪古典

讲台上的讲师为何有两只变形的眼球？
何为正？何为负？
圣人只能云：执两用中

盲点，星星般布满书房。
据说有一对永不见面的量子
情人般纠缠。
脑袋是一方黑匣子，坠机事故的幸存者
打不开
这臭皮囊只是一具走肉

哦，我得了断那扇门上锈蚀多年的锁
手指触摸前自行脱落
好像我
已具备了传说中的解锁之法。

＊苏联早期的黑白电影。

易容术

江湖水浑。
女巫的水晶球是一只万花筒

幽暗的松林，齐刷刷的松针
所有的线索都指向冈下的深宅大院
容颜长驻的女主人，献出自己最小的女儿
（现在的心事是集中在如何美甲上）
面孔丢失在前世

一袭青袍的药师，面具姓黄
收拾好自己干柴般的骨头
直愣愣的腿
咯噔咯噔的方步
（诗囊里不同色的人皮脸相互撕咬）
出窍的灵魂飘在脑后如一缕青烟

他（她）们就是江湖。

沼泽深处，美艳的桃花坞魔笛般召唤。
一圈又一圈的同心圆——
尸阵的排列
仅仅是一个接受美学的问题。

焦尾记

一丁玉磬。鹿苑里梧桐打个寒噤。
感谢黑暗之牢，感谢黑暗
给我以双倍时光，好以心头之水
再次清洗火焰

火焰至纯至青，至通彻
吴地秋光正好，正笔端墨枯
飞白书，一地黄叶飘舞
那火焰，让一截焦木，与我结缘

斫桐。焦尾悬于书房侧壁
火焰已至虚无，蓄音于龙池凤沼
是龙吟，是凤鸣，是鹤唳
需假有缘人之手

死亡正隆隆逼近，而火焰收于体内

自血脉传承。不远处
胡笳之音归于清正
归于十八拍

注：焦尾琴，汉代文史家、书法家、音乐家蔡邕所制。蔡邕死于政治纷争，其女蔡琰，有古琴曲《胡笳十八拍》传世。

绿绮记

那是你家酒垆。烫上八大碗土酿
正宗的土鸡，有机菜蔬，或许不要
与你闪婚的文君姐，殷勤
敬而避之

只求你脱下围裙，洗尽双手
屈指，只一绰或一注
只求那一滴音符，晶莹剔透
于指间，弹向空中，迸碎

那琴或已典当多时
于你，是张琴均成绿绮。抑或
只要你双手作势，绿绮便在胸腔鸣响

八碗酒并无亵渎之意
以酒当浆，洗身；以酒当茶，洗心

伪古典

以酒碗之上的氤氲之气
洗我俗世中的唐突

临邛，老地址。我只想在你潦倒时撞运
墨绿的底色中，奢想
那绿绮或正于某处尘封千年中醒来
琴弦，微微发颤

注：绿绮琴，曾为汉代文学家司马相如所藏。

号钟记

云霄几重，方可抒你之悠长淡远？
大师水晶的十指，不可复制
仁者峨峨，智者洋洋

深宫无有温良。
你宏、你亮、你亢
若号若钟

清修，未必能归于本性
你已遍阅天地两极
何人有
空幻之手，无垠之怀，虚渺之境？

抚你，需助你、训你、浸淫于你
需以残败之躯赴你。

伪古典

琴弦可有可无，琴身似幻似真
众妙之门，亦远亦近

注：号钟，周代名琴。相传伯牙曾经抚过此琴，后辗转至齐桓公之手。

绕梁记

承上去。你有点心猿意马，百丈之外
感受到那人的饥渴
荆楚的云天，格外难测

那人曾葬马、曾三年不鸣
那人爱物，物欲旺盛、欲火焚心
那人百般玲珑，手指敏感、修长、洁净

那人以香汤浴身，冥想于后殿
问你、探你、惜你、寻你
你自惊艳、自绚烂、自绵丽、自悱恻
那人且弃国事如破履，七日不朝

绵绵不绝，山水七日沉醉
那人可绝缨，可问鼎

那人以七日之限，了却心魔
再成全，你的绝响

注：绕梁，古代名琴。楚庄王获此琴陶醉其中，七日不朝。后命人以铁如意捶琴，碎为数段。

湖笔赋

捉刀。《春秋》为孔子手刃
笔削之功
后世的书生毕生参详

生花之妙道
源于顽石之心
纵有神受五色
谢顶的江郎突然无佳句

破帽遮颜的年代
有那么一管
笔端疏落如秋草
仍是“金不换”！

徽墨赋

松烟之骸骨。旧日的火堆匿于深谷
徽州府门鎏金溢彩

默然而眠，暗夜之舌一截截磨短
掌灯者的手，握虚拟的红袖添香

一册史稿香味典雅。
墨海浩瀚，触目惊心的
是那溶墨之血泪

宣纸赋

留白。一方空寂
于东方素绢之后寻失踪的仁爱

铜镇和利刃埋下伤口
丝绸般的手感。击中面孔苍白的少年
隐约的马背
横越心灵作未知的飞行

一生的仇敌是谁？
不忍裹高处滚落的头颅
皇家朱笔如血，纸在烈火中更衣！

歙砚赋

紫云金星。青花盛开于案端
无深无浅之海
何为彼岸此岸

妙悟。别一种骨上的浮雕
东方哲学不见首尾。
济世者云帆高挂，勤政的君王
龙尾砚发墨如油

大旱之年。岁月的黑棺
语言渴死在海之上

狼烟录

西风无常
兀鹰自戕于带血的晚云

狼烟升腾，凭空幻化成摄魂巨手
君王的铜鉴已经锈蚀
八百里边关，十万火急
长安城日夜花团锦簇

陨落的将星寒射宫门
睡犀步出歌者的梦境
修史者笔下一片焦煳

绿林记

生命糙如砂石
谁复从舔血的刀头聆听君主的昭示?

彼此相拥的猛恶，唯有一刻动人
三月的桃花殷红如血
阴影里的征战
五关六将是幻景中瓷器的碎片

风暴终点神秘的冷却
宾客如云
大盗于金盆中洗手

师爷录

伶仃瘦骨
江南家谱秘谷般深邃

驴背上的诗囊空已经年
意会，文牍中暗埋黄蜂的针
幕帘之后，柔软的笔端吞吐蛇信
细亮的飞刃无声
令紫云的眉梢舒锁无常

薄暮中黑裳飞动
玉阶重叠，南山何等遥
任秋风吹散菊花的头颅

黥刑记

而时间老迈
苍白的皮肤响如裂帛

宿疾千年
别一种身心的阉割
烙印。披散的长发蒙面
赴死者回眸的凄楚
巨大的苍穹之下
何人扶哭于岁月的黑棺

子夜静寂，迷乱之后的决绝
受黥者持豺性铁矛
无视众生深恐的万劫不复！

太监录

浮生的血脉
为幽蓝的毒刃封
长安城湿漉漉枝头无性之花

破体的疤痕覆满苔藓
精神黑穴内，淤积
倔强的卑躬
金辇平缓，拂尘溅起光影
百官慄寒于跛足的淫威

花园夭亡，云梦之中凄风楚雨
大内血光中穿越千年

夜行记

微光，像一只鸟
我专注于书桌上的呢喃
花哨的五彩强光
为何要恰到好处打搅我的幽思？

我有持斋之心
黑色衣靠久藏于橱柜
它的历史，可以追溯到唐之前。
今夜或许恰逢其时
飞蝗石、蝴蝶镖、亮银针
鸳鸯剑只取一柄
而穿心锥、封喉钉、毒蒺藜
暂缓出场。

我推窗跃出
首先干掉这苍凉月色
然后作乌云状

燕子抄水、倒挂卷帘、如影随形
惊到那奢侈情节中
只论颜值的花拳绣腿娘娘腔男

琴馆。我与黑瓦融为一体
与竹林的风融为一体
聆听。
这天籁中提取的氤氲香气令我神摇
自惭浊气行于腑脏
羞于现身
无以为报
只留掌印为记：俗恶之辈
不得入内。

我轻烟般消失。在湖边
想起那些抱石沉于水底的人
休眠，只是为了惊醒
他们因文字而不朽，因不屈而永恒。
我作势，剑光乍现——
湖水作证：我以一架顽石为祭
我心为祭
这世上，仍有精神行走。
湖柳垂首
这暗夜的哭泣。

我巡游，如同巡游于往事。
而淡淡的迷惑让我举棋不定——

惊青一个贪吏的脸皮?
解危一位弱女子?
以分筋错骨手
废去江洋大盗的吃饭家伙?
或者，以打穴之法
将一件赝品拍卖时举槌的手
固定于空中?

铜臭、褊狭、龌龊。
城市粗陋的边缘，我回眸凝视
狂欢依旧。
物欲是真实的
正如我的心魔，有原始的永恒性。
而庇护我们的何在?
历史的盔甲溢出那些散漫的法则
路线图自有笔法。
我毕竟不能
与网络空间中层出不穷的卑劣灵魂
一一照面

我所景仰的已非景仰。
聂政、要离、荆轲
红拂女、聂隐娘、虬髯客
只是铜镜边框的绿斑
温润的思想者，以玉的光辉
内敛，却洞穿未来。
想到此，我掌中的暗器浸满汗水

一瞬间如同虚脱。
这世界的需要非我的需要
我的需要亦非需要。
啊，回首我内心的深渊
又岂能
以歹毒的利器去除？

夜色包围过来，抚摸黑色的衣靠
这种抚慰不同往日
已经足够奢侈。
哦，这夜的安详，世界的安详
只能是我灵魂的安详。

而我们的灵魂最终归于何处？
无人能解，也无需求解
我们因死亡而生，为灵魂而活
灵魂不需簇拥，只需
感应那些伟大者的伟大孤寂
任何护送都是多余。
我的表达是一次实证，虽然清晰
却只能是失败！

我该回。让月色重归。
灯火阑珊处
我甚至对那个裤带系于肚脐之下
指手画脚于诗的土豪
微微一笑。